川村信治詩集

幸福の擁《よう》護《ご》

目次

まえがき

わたしの中には
わかりやすいものもあれば
わかりにくいものもあるのです。
だから
あなたにはわたしが
わかりやすかったり
理解しにくかったりするのでしょう、きっと。

詩集　幸福の擁護《ようご》

春

水にさえ傷つけられる季《とき》にしのび来る上空の寒気のように
権限ある者の愚劣《ぐれつ》と工作に　望みなく強いられる隷従《れいじゅう》のように
ため込んで来た、枯れ朽ちた諸物や怒りやおびえを干されるままにするのだ
そのとき　身体の両扉を開けて流れ出るままに

菜の花の黄色を含む　ゆとりある若い日々の哲学のための一人歩きのように
菜の花の緑菜《りょくさい》を食《は》む　どことない暖かさに揺らめく夕べの夫婦と子との入浴のように
たくわえて行く、私から整理し直す世界や血液や皮膚のつややかさを
このとき　すべての仕上げの陽光の中へ衣服を脱ぐのだ

ただよう風に　山岳の残雪をかすめた風が到着して混じるように
毛の色をかえ遅れたウサギやテンを隠すように
にわかに曇り　さっと雨が散る
始まりのときにも　終わっていないもののことを思い出させる

雪につぶれた下生《したば》えの中にすっきりと立つ木々の枝先でぷるぷるとふるえる芽のように
雪でずれた瓦《かわら》を直すときのもう暑い日差しの中の私のように
加速して　無数の植物で生じている細胞分裂のように
春は　わたしを解《ほど》いてゆく

二〇〇二年三月三一日

音

青空が鳴っていた
それに向かって伸びるポプラの葉が時折揺れた
山腹を巻いてつづく誰も来ない広い草の道
ポプラの根元遥《はる》か下に村と川のある平野があおくかすんであった

道の向こうで待っていたのはカモシカ
彼女は波紋《はもん》の中心に自分だけが鮮明に立って
波紋にぶれる周囲から
音を身《み》一身《いっしん》に吸い取っているかのようだった

だから　しんとしていた
しんとしてあたたかだった
それだけあざやかで　想い出のように未来が
あざやかに待っていた

音というものを緯《まと》める美しい歌のように。
それから僕は想い出す
青空が鳴っていた、と
ポプラがただそれだけでかすかに揺れていた、と

二〇〇二年一一月四日

季《とき》

鳥は正面を染めて空を西へ帰り
黒雲は額のように静止して空を縁取り
色づいた絹積雲《けんせきうん》は薄くその空を流れ
水を張った一面の水田の上に光の道が走り

その果ての太陽は今しも山の端のその位置にかかり
そこではじけて溶けると清潔に消え去り
みずみずしい新緑は北のふもとと山腹から
自らのみずみずしさに耐えかねたかのようにほっと息をつき

ゆっくりと　静かに　緑《あお》く黒い眠りへ落ちてゆく
桑《くわ》の林は河原に広々と蘇《よみがえ》り
堤のわだちはヨモギとエンドウの蔭《かげ》を走り
水《みな》もとは遠く　散りきった桜より白い残雪

そして川はすべての地形の底で
曲がりつつ落ちつつ、真っ白な葦《あし》の中をすべってゆく
まだ十分に明るく青い中空《なかぞら》ばかりでなくすべてを映して
ようやく落ちてきた季の暖かさを密度にして

二〇〇三年四月

一つ

全体とは多様性を保持すること
けれど多様性に在《あ》るわれわれは一方で
すべてではあり得ぬ自分を引き受けねばならない
これを同時に為し続けることは難しく

むしろ多様なもののたった一つへ
滑ってゆこうとする人の性向があり
たった一つへおとしめようとする教育や
たった一つで統べようとする政策がある

多様性を保持することは個人の自然であり権利でもある
生きることは多様性をたくわえることであり
多様性をたのしむことであり　引き裂かれることでもある
死ぬことはすべてをあずけ返すこと

多様性は社会や宇宙の
自然でありそれを可能にしているものでもある
わたしという一つはわたしという多様性を追求する場所であり
現在という一つは現在という多様性が試される時間

二〇〇三年五月四日

午後

午後は神殿の円柱のように高く　また
雲の薄片《はくへん》のように静かな音楽をならしつ
思考と想像と眠りを
限りなくおおきく、遠く、あかるく容《い》れる

五月の風がなでてきて慣れたその新緑の窓をゆらし
二階の部屋でわたしは彼女と本を読んでいる
すべてがこちらへ立ち上がる
未だ半透明な葉がそだつ速度で

山から帰ると　村の道は山の道の静けさそのままに
通り過ぎても何ひとつ変えない
家々や花々や水路のたたずまいも
手を挙げて言葉をひとつ交わしたひとさえ

午後は神殿の円柱のように高く　それでいて
大地に足を沈めた白く広大な石版のように　また
斜面に立つ一本のホウノキのように　さらにまた
出会いへ出かける憧れのように

二〇〇三年五月

本

言葉の列をたぐり寄せると
立ち上がってくるのは　どんな具体的な物や
どんな具体的な場所よりも具体的でありながら
どんな物やどんな場所でもあるものだ

だからこちらに向かって立ち上がり
わたしをそこへ誘い入れてゆくものだが　同時に
あちらに向かってうしろ姿を見せ
わたしを引きつれてもゆく

本を読むわたしの背後で季節がながれる
木蔭がかがやき　また　雨が濡らす
本の背後にわたしは気づいている
それをもっと純粋な季《とき》のかたちとして

わたしは眠り　また　深く目覚める
とらえられて　はんすうする　対象化し　返しつつとらえる
既にすべての過程をたどったものでありながら
本は眠り　また　深くめざめる

二〇〇三年五月

絵

外は流れ落ちる雨
雨ははねつつ溜《た》まり地上を走っている
黒い太い木の梁《はり》と茶色の木枠の窓がある部屋
部屋は雨の向こうへ午後をあずけ渡している

部屋で壁に置いた絵画を観ている
絵画を観るという時間が彫られてゆく
描かれた場所へ私はでかける
そこは地球上にあるそこであり

同時に場所へ向かおうとする私の想いの中空である
そこにある草の一本を知っていると思う
そこにある空の色を見たことがあると思う
描いた人と同じように　描いた位置にいて

シギもオランウータンも絵を描かない
絵を見るとしても絵を見る時間がほしいとは思わないだろう
絵画しか誘《さそ》うことのできない場所がある
描く者しか誘うことのできない想いの国がある

二〇〇三年六月

死

死は日暮れに似ているが違ってもいる
次の日があるとしてもそれは別の生にあり
その人の死に二度と次の日はない
死は個人の終わりである

文化は死に蓋をし、宗教は死から気持ちをそらす
気づくのを遅らせ、終わりを遠くへのばす
それは生に嘘をつくことであり、生を見事に無にする
知らぬ間に買い取られてゆく生をあきらめるすべを教える

死の、あとも、別の生もない
これだけがわたしの命であり、たとえようもない偶然の組織だ
どのような意味へもゆずり渡せぬ生き生きとした統合であり
私だけのものだ

死ぬことを教えるのはやめよう
死が崇高なものだと、あるいは生が愚劣なものだと
死に意味があるなどと、あるいは生が誰かのための耐えるべきものだなどと
教えるのはやめよう　これほど殺しておいて

二〇〇三年八月二日

物語ができるためには

（この夏、アドルノ『否定弁証法』とサンテグジュペリ『人間の土地』を読んだ）

物語ができるためには
家々はあまりに建てこみ過ぎている
人々はあまりに近寄り過ぎているので
互いに却《かえ》って人間の手触りを失う

物語ができるためには
すべてはあまりにも速すぎる
種が芽に、芽が株になる間合いがなく
五分に十個のニュースを詰め込む調子で旅も日常も多動を稼《かせ》ぐ

物語ができるためには
機械があまりにも目的になってしまった
その向こうで意味と精神は消え
その手前で身体は萎《な》え衰《おとろ》えてしまった

その後《あと》ではどのような詩も物語も作ることは恥ずべきことだと
言われた行為が行われた後　人が
物語に替えてつくってきたものは
さらなる虐殺《ぎゃくさつ》を　話題にもせずに許しつづける仕掛けだ

二〇〇三年八月

野

ひとつ家の影にはいる
そしてまた野っ原のまぶしい明晰《めいせき》さの中へ出る
道は夕陽に向かってのび
田を焼く煙が高く横切って遠方を隠す

両岸の緑《あお》い草の堤の川を
アオサギとヤマバトがひとつずつ
交叉して越えて　野のそれぞれの側へ消える
川音はまっすぐに空へ消えてゆく

炎の音は地に消えてゆく
揺れる木々は風の音を立てない
人は表情を染める日差しの中へ足音を消してゆく
雲は一片《いっぺん》も無い

野は静かだ
この時わたしたちも見事に小さく野の一片になる
草のように揺れ　葉のように寝返り　土のように地面に居る
風がさらに吹くまで

二〇〇三年九月二二日

ただ

ブナの低木
ねじまがり
片側へ走り上げる枝の
裸木の群

一一月の末の
ただ晴れた空の
ひかりを受けた白い線の群と
枝先の赤い色づき

ただ高い頂にあるというだけの
なだらかなあたたかな山
低木とマルバスミレと
まばらな斜面に敷いた薄雪との

なんにもない日だ
ただ妻と二人ここへ来て
本当になんにもない日になるように
明るいブナの低木のなだらかな山をながめ描いている

二〇〇三年一一月

民《たみ》

さてそれで、民はどうしたらよいのか
自分のことをしりもしない者に
生活を大きく変えられてしまうのだ
その上　見たこともない他の人の
命を左右するべく派遣されるのだ

砕かれる誇りのくずを拾う姿勢で
すべてが重たくその重さで汗をかきかき
わたしは私の愚かさを丁寧に自分に語る

愚かさを仕事のように行う
事実愚かさこそわたしの仕事なのだ
夜が来て芝居の始まりを待つ時のように
わたしの胸板を貫いて時は流れる

塔がふるえ神などという幻想を民はきっと高く越えて行く
とある芝居の終わりのように　舞台のすべてが解かれ
荷物をかついだ男たちはほどよくまとまり奥へ行くのだ
わっさわっさとだじゃれをうたって

竹内銃一郎作『あの大鴉、さえも！』を観た夜に

二〇〇三年一二月

獣

雪の上の青い夕闇
林の
陰に隠れる獣のまなざし
ざっと　一頭も姿を見せぬ　清潔な野性

昼と夜のあわい
林と雪原のあわい
立ち止まればあわいにとらえられ
そのままそこに消えそうな

蒼穹《そうきゅう》は崩れることがない
だが見上げればなんと深い青の中で
それは球《まる》いのだろうか
それとも裏返る分厚い層の？

山の上で雪に立ち
獣は平然と知っている
下界の昼も夜も林も雪原も
ぐるりの瑠璃《るり》色とオレンジの境《さかい》無きあわいも蒼穹の安定も

二〇〇四年一月三一日

祈り

かなしみをしずめるには時間がかかる
貧しいわたしたちには
その時間がないのでしずめぬままに
かなしみを重ねてひどいものになって生きてゆく

ゆるすことが幸いなりと父から教えられた
誇りを守るために人を去ることを母から教えられた
ゆるせれば楽になる　人も自分も
守るために身を引くしかたもある　すっかり

陽のあたる窓にカーテンをひいて　あるいは
陽のあたる野の草の上に出て
深く一人でいることは　安らかでもあり
孤独でもある

内臓深くたましいのひと分子のように持ち行くとしても
あるいは季節のはじめての日の朝のように美しく浄化されるとしても
それはわたしたちには　祈りのような願いでしかない
あわれみたまえ

二〇〇四年二月二〇日

桜

その花びらは桜の木から降るのではない
桜を包んで桜の木へ降る
空気の中にあらわれて
雨のように　粉雪のように

木の下の草地に座って　きみは
花びらと一緒に花粉が降っていると言う
木漏れ日にあたためられ　足下の谷川をながめ
風に吹かれて、また降り出した花びらに巻かれ

水は岩の上をすべって行く
波が返す日差しと泡の清潔な白さ
降りそそぐ花びらを水は下流へ運び去り
淵には百の花びらが回り

桜に白い蝶　草にはミツバチ
草地はすでに白く敷きつめられ
またしても風が来ると　おゝ　周囲の萌黄《もえぎ》の山々へ
降りしきる雪が上って行く

二〇〇四年四月一七日

蛍と星と

小さな田の畦でわたしたちは蛍を見た
流れる明滅を呼び　掌《て》に入れてまた放ち
子どものわたしが眠る前にいつも外を通って母と見たように
同じ沼田でわたしは妻と子どもと見た

小さな川に架かる石の橋に寝ころんで
わたしたちは星空を見上げた
流れる星を待ち
それぞれに黙って願いを込めた

川はやわらかな水音でうたい
星空は壮大な静寂をかなで　やがて
ふと走るひかりが流れ星か蛍か分からなくなる
母はますます純粋になって九〇歳の命を自ら支え

子どもたちは遠くへ出かけた
そちらでも星々が見えるだろう
流れもするだろう　蛍のように　人のように
星々はありつづけて

二〇〇四年六月

母

母の膝が痛むのは
織機の上で無理な姿勢で踏ん張って
糸をつないだせいだ
何百本も、何時間も

母の腰が二つになってしまったのは
五人の娘を産んで　さらにわたしを産んで
喜びと誰にも渡せぬ思いで止まってしまった乳を
七輪で温めるために毎夜何度も起きたせいだ

母の足が痛むのは
工場で踏んだガラスの破片が
十年かかって甲の方へ出てくるまで
足の肉で踏み続けたせいだ

母の胸が痛むのは
熱があっても手伝ってもらえなかった家事で転んで
あばらにひびが入ってても病院へ連れていってもらえず
歯を噛んでまなざしを上げつづけたせいだ　高く

二〇〇四年七月一〇日

朝

もやって落ちる薄青い明かり
闇の粒子を未だ濾過《ろか》しきれずに残し
二枚の布団に向き合って眠る二人の上に
ガラス戸と障子で外から隔てられた部屋に

吹いていた風が途絶え　そしてまた吹き始める
春と夏のあいだの　夜と昼のあいだ
雲が吹き払われて一瞬ほんとうに何もない空から
光に感じる緑の葉の表面から

朝は見つめられることに慣れていない
人は昔朝を見つめたとしても
今も動物たちは朝を見つめるとしても
植物たちは待ちわびて朝を逃さないとしても

見せるためではなく
誰のためでもなく
自らを　どの一日も新しく　展開する
現象でしかないものの来訪と退去

二〇〇四年七月二二日

夏

夏の朝　空は高く
蝉の声は空間を開拓《かいたく》し
近所の人々はそれぞれのなすべきことを始める時
どのようにでも使える一日が始まったように私は錯覚する

遊びととりとめのない思考に明け暮れた夏があった
読書と徒行《とこう》の夏があった
旅と仲間と孤独の夏があった
ひとを待ち続ける夏があった

そびえる稜線を日差しが打ち
川を空が描き
木々や道が私を待っているが
不自由にとらわれて私の一日は暮れる

いや、そうではなく　不自由にとらわれて一日は暮れるとしても
日差しはそびえる稜線を打ち
空が川を描き
私を待っている木々や道がある

二〇〇四年八月四日

変

孤独な人は変だ
一人で空を見上げていたりする
孤独を知らない人は変だ
誰かを引き連れてはしゃべり続けている

科学をする人は変だ
骨のサイズを計ったり、本当のことを探し続けることに何の意味があろう
神を信じる人は変だ
すべての命令と責任をあずけて、自虐的《じぎゃくてき》に生をもてあそぶ

平和主義者は変だ
皆が平和主義者だったら誰も互いに攻めたりしないと信じている
軍をつくろうとする人は変だ
平和のためだと言い訳ももうしない。従わせる側につこうというわけだ。

いろいろな人がいる
お互いにみんな変だ
自分だけがまともだ
などと考える人こそ

二〇〇四年七月一七日

萩《はぎ》

静かな秋　野を行く
誰も私の味方ではない
けれど　誰も私の敵ではない
私は誰をも救うことができない

願わくば私が誰をも阻害することのないように
萩の花咲く
夏の残り陽を　けれど鮮やかに受けて
鈴虫とセキレイの声

空にはいつまでも雲が無く
その青い広がりが　いつまでも静かな地上の
その静けさをたのしんでいるかのようだ
やがて山容は夕陽の粉にまみれ

刈り取られた藁《わら》と土の匂い
日差しの彫塑《ちょうそ》でしかない滑るトンボのように
静けさの中で萩に降る日差しだけを聴くために
村の人を避けて

二〇〇四年九月一二日

母のそばで

外は限りなく晴れて
風景のひろがり
広い窓の気持ちのいい病室で
母はベッドにもたれている

今日はすべてを休んで
母のそばですごそう
そこが楽園だということを
誰が否定できよう

山裾が優雅に重なり
家々の屋根と木立が暖められ
市はどこも運動会の一日
運動会にも出ないで

母は横たわり考えている
そのまま寝息が聞こえる
時が流れる
素早く

二〇〇四年一〇月一七日

地球

ぼくが地球について考えているあいだ
地球は自らについて考えたりしていない
——ましてぼくのことなど
地球にはまだまだ時間がある

だから自分について考える必要などないし
何も考える必要などない
考え始めるとしても
たぶん三〇億年は先だとぼくは思う

ぼくが地球のことを考えるのは
第一に見とれるからだ
そのまなざしは澄んで潤いがあって深い
山岳や広野や河や砂漠に　触れることもなくぼくは憧れ続ける

ぼくらの時間はあまりに短い
いったい何歳の時からぼくは考え始めたのだろう
残り少ないというのにぼくは地球の何も見ていない
その球体の表面の一点でもぞもぞとしているにすぎない

二〇〇四年一二月八日

周囲

南の山々はこまやかな樹氷で自らを細緻《さいち》に描き
谷あいにわずかな蒸気をかくしている
西の山並みは針葉樹の並ぶ尾根の向こうに
すでに色を落としてはるか遠く海の方へ退いている

東の雪の嶺々は今しも紫の光芒《こうぼう》を
北から南までその巾いっぱいのステージに受けながら
その上所々の雪崖をさらにあかくひからせて
紫色の雲がゆくのを悠然と眺めている

そして北の嶺々は　裏山の裏からはじまり
幾重にも幾段にも地形に厚みを加えて
自らの思いで自在に連なり上がって行くのだ
ただ空に見られんがために

枝を渡る鳥
木の頂をまっすぐに落ちる雪
根を掘り返すカモシカ
雪の下に丸くなる何万という生き物

二〇〇五年一月五日

暗く

あか枯れた冬の平野に草は立ち
その果ての麓に境界はなく
立ち上がる山々はなだらかな尾根に暮れ
尾根は霧に隠れ

霧は雲とひとつになって頭上を覆い
流れるように下りてくるその天よりも平野は暗く
降り続くあられまじりの雨の中で
すべては冷たく濡れている

濡れながら冷えながら
けれど胸をしめつける午後四時のこの色
この道に立ち
曲がりゆくわだちの向こうの楡《にれ》の木立

背後に河は暗くしろく流れ
近くの尾根にクヌギの樹列
閉ざされたすべては闇にも濡れて
この色のある平野を記憶にして

二〇〇五年一月七日

里の二月の

風が鳴り日差しが射すので家を出た
黒くもは太陽とともに西へ追われ
光芒《こうぼう》がそらをはしり
開かれたあおぞらひろく

山なみは空にあかるく
縦列《じゅうれつ》をていねいにならべ
見分けられる一本いっぽんの木々は
稜線にえがかれたうぶげのように

雪どけの土にはいちごの葉
桑の木もほおの木もしろく乾き
小川にはとうめいなものがはしり
湿原のうえで風にたわむれて鳴きかわすからすたち

まぶしい光が平野のむこうへ傾いていく
東にはクリーム色の霧か雲か
きっともうすぐいろいろなはなが咲く
里やまのうえをたかくすべる鳥ひとつ

二〇〇五年二月二〇日

樹《じゅ》 影《えい》

野辺を落ちていく川の堤に立つキンモクセイの樹影を
橋の上でわたしは見る
春の最初の空を赤く染めて
丸い太陽が西の稜線に落ちていく

肌触りはあろうはずもないが
色合いのかぎりないなめらかさ
赤と青とがなめらかに溶け合い移る
遠い明かりを背景に

明るく黒く精緻なその樹の姿に
捉えられたのではあるが
それはその背景の
まだ空というものを知らないような若い空の美しさのせいであるかもしれない

けれどまた秋には香るはずのその樹の
しぼんでなお葉をつける樹齢《じゅれい》へ
訪れた春に　緊張するかのように静止した
樹影そのものの美しさのせいであるかもしれないのだ

二〇〇五年三月一〇日

こぶし

麓を流れる大河のほとりに
何度も割れながら厚みを持ったその幹は苔におおわれ
河へ差し伸べる枝ぶりの
大木のこぶしがある

枝ぶりの裾《すそ》から
さらに伸びようとする新しいいただきまで
その全身を開いた花にする
こぶしとは　何者だろう

四月の美しい一日
野は白い花に満ち
山は残雪にいまだ白く
日差しは色濃く生き物すべての胸をしめつける

けれど数キロ四方
萌《も》え出た緑におおわれる河原と木々と
その間を流れる水の緑のひかりばかりで
このこぶしはただ一身に白を集めている

二〇〇五年四月一六日

失ったもの

本当に失ったものは　思い出すこともできない
気づくこともなく失ったもの
テレビを観ながら
新聞を読みながら

失ったものを数えることはできない
それは　あり得たことのすべてだから
ぼくののぞみや　ぼくたちのさいわい
ぼくのイメージや　ぼくたちの時間の

失ったものはどこにもたくわえられていない
ぼくたちのかわりに別の場所に
もっと正しい形でたくわえておくなどということは
その気になっている者にもできはしない

失ったものは消えてどこにもない
ぼくのものをどうして他の誰かが生かせるだろう
ぼくたちのものを誰が
そしてぼく自身、もう思い出すこともできない

二〇〇五年五月二日

花のようにきみも生まれた

栃《とち》の木に花咲き
水は岩を下る
新緑は濡れて濃く
鳥は空を渡る

朴《ほお》の木にも花が咲き
霧は山を上る
藤《ふじ》の花は雨より重くしだれ
水は谷を走る

すべては雨の中にあって育ち
きみはきょう二十歳になる
ぼくと妻とは草地を歩き
子どものように声立てて土手を下る

タンポポもマーガレットも咲いている
花のようにきみも生まれた
このゆたかな季《とき》を山なみは重なりのぼり
主峰は雨の向こうに消えて見えない

二〇〇五年五月二三日

風の中で笑い

ゆるやかな傾斜を
くだる心　あるいは
いただきのない坂を
登っていく

決める必要のないことを決めない
成長するこころの
その成長を見つめる
そして過不足のない行動をする

夢のような夢を見て
風の中で笑い
こころが通じ合うそのことを愉《たの》しみ
互いが本当に持っているもので教え合う

確実な時間の進み
一瞬の永遠の切なさを保ち続け
自然《ナチュラル》であることを保ち続けて
人への距離

二〇〇五年八月一九日

空を狩る

見上げて　空を狩る
一人で
秋の午後
陽が沈んで行くとき

朝から澄み切った一日が
澄み切った空に少しずつ
いわしぐもを持ち始め
いつのまにか空半分をうずめてこまかに

さらに展開してなんと多様できょうだけのいわしぐも
氷のようにとがったあたりは
下からの光で
つめたくするどくひかっている

一人だ
草地の道の上で
狩るほどに空は澄み
告げる人が居なくて

二〇〇六年一〇月九日

時

時はゆっくりと流れる
征服を無にするために

国は他国を征服してはならない

時はゆっくりと流れる
征服を無にするために

人は人を征服してはならない

なのに征服の時がずっと続いている
征服のためにもう数千年も時は買い占められ
荷担《かたん》するか、征服されるかで
何世代もの人が自分の時を使い果たして行く

わずかな人が
征服するための時間に使うために
圧倒的多数の人の時間を無にする
時はゆっくりと流れる

二〇〇六年一〇月三〇日

言葉を失う

「ゆんべ
とってもいい文句が浮かんで
我ながらすばらしいとおもったんやけど
それが思い出さんで・・・」

朝の食卓に
車いすから移した椅子で
頭をかきかき
母は笑顔で考え込んでいる

九二才のその健康さを
私は喜ぶが
既に時折言葉を失い始めている自分を
不安に思ってもいる

けれども
言葉を失うことは
言葉を得ることに劣らず
すばらしいことだと　私たちはともに知っている

二〇〇六年一一月一日

木をくべなければ

餅をつくために
火をたく
山の麓の林のそばの
小屋の前に組んだかまどで

あられの中
強い風を受けて
むしろ黄色に明るく
薪《たきぎ》はすばやく燃え尽きていく

おやじが死んで一四年
木も切らずに使い切って
去年の燃え残りの濡れた薪も入れるが
燃え上がりもせずくすぶりながらちびていく

木をくべなければ火も消える
教育基本法が変えられた師走
餅をつく家も村中他には無い
明日は六〇センチの雪らしい

二〇〇六年一二月二八日

空に残されて

波は岩をつややかに打ち
海は命を深く沈める
夕陽は赤くその上を走り
赤いままに消えていく

止めようもなく
あなたは消えていく
静かで濃密な液体の
たくさんの生き物のすみかへ

冬の海藻の茂りから
稚魚《ちぎょ》や珊瑚《さんご》への、その
複雑で豊かな混ざりあいの季《とき》
その中へ

空に残されて、その上を行くと
そこまで越えて、わたしも落ちていってしまいそうなのだ
だが、なんと背後から
あなたは再び現れる　止めようもなく

二〇〇七年二月四日

良い時間

良い時間をいただいた
やわらかに雲がうつろい
つられて日差しがうつろう中を
山から川へわたしの村をめぐる

冬枯れの銀のひかりを川が流れて
河原の道は枯れ草の中を乾いて
二月だというのに石は春のしろさ
楡《にれ》の裸木の脇にネコヤナギの固いつぼみ

まっすぐな堤の道と
まっすぐな橋
遠く稜線には　青空の白い雲を背景に
くっきりと枝まで見える大木の幾つか

暖冬の日差しがうつろうやわらかな時を
あなたと二人であるく
大切にすべきものを見失わないことは難しい
地球の命は人一人の命、ネコヤナギ一本の命、命ある小さな時間のこと

二〇〇七年二月一八日

澄んだ夜

遠くから帰って来たら
星も月もひかり
雲もなく
大気は深く澄んでいた

それでもぼくらは喧嘩する
君は何十日も疲れて傷つき
それを助けるゆとりと力が
僕に無いからだ

ここは昔　広くしろい沼だった
その上にぼくらは立って
二人で散歩したりする
あまりにも短い時間

足下に探せば出てくるだろう化石のように　遺《のこ》ることさえ
できない　ぼくらの
かそけき感情
君は濡れた心で眠る　消えるぼくらよ

二〇〇七年二月二四日

みどりしたたる

一滴のしずくのような空の下で
したたる緑の季節が来た
何者かにみがかれるのでなく
みずから新しく緑はしたたる

玄関のトケイソウの蔓《つる》に
一日咲いて終わるトケイソウの花が
きょう五〇咲いた
咲いて日がなはっきりした日差しを受けていた

草高い庭に入って
樹の幹を切り
枝を整えて
五月を通過していく

君は緑を通り抜けている
今まさに
したたる緑に濡れて
君の野の

二〇〇七年五月二三日

村の通りを

村の通りを自転車で行く
散髪屋さんへ
日曜日の昼下がり
八月の終わり

わずかな傾斜を上がって
四角い郵便ポストに手紙を入れる
一通は反戦企画展示に詩を
一通はコーラスの退団願い

サルスベリもキョウチクトウも咲いている
蝉《せみ》は休まず
空にはけれど絹雲
道の脇には冷たい水が流れている

散髪屋さんで眠る
何の心配もなく家で昼寝をしている夢を見て
主人と客が先頃終わった市会議員選挙の話をしている
わたしは喉もカミソリにあずけて

二〇〇七年八月二六日

真南の夕雲

廃田に立つ花咲く草の群生のそばから立ち上がる
三本の樫《かし》の木立の向こう
あるはずの大川を超えてあるはずの対岸の村々
その段丘の果てに立ち上がる山並みの上

積雲のドームだ
西の日を受けて紫に明るく
目に柔らかなコバルトブルーのただそっと広い空の下に
照り返すまぶしい大きな

平和の白い森
優しく静かで控えめな者たちのすみか
空の島
思いもかけぬ

観る人も少ない　夕刻の一瞬
そこにあって　　すぐに形を失い
何かが燃えつきたあとの残煙になる
夢だったように　だが立っていたのだ

二〇〇七年一〇月一七日

狸

冬の闇夜に狸《たぬき》が丸くなって死んでいる
道路の上、自動車にはねられたのだろう。
今日の日付は狸にはなんにも関係が無い。
人にも、生きている者や生まれて来る者にしか関係が無い。

ありきたりの田舎のありきたりの田んぼが広がっており
ありきたりの星が空にある
けれど、空はとても澄んでおり
暗闇はきょうもとても深くて新鮮だ

けれど生まれて死ぬまでのその日付は
狸にとってもすべてだ
森と野の騒がしさと静けさ、
昼と夜、晴天と雪も

山容は見つめるようにじっとして遠くに囲んでおり
澄んだ大気はそれだけ冷たく
すべては終わったらしい
狸よ

二〇〇八年二月八日

しばらく

吹雪の中に朝が明け
午前を雪が降り続け
日が射す昼が今日を置き
雪舞う中に日が暮れる

雪を見て過ごすことができる
その時間が私に希薄だと言うならそうかもしれない
けれど濃密だと思うならそれもそうだ
目だけで追いかけて過ぎる時間

生まれて
しばらくあって
やがてとけていく
雪のように

幸福かどうかを問う必要のない幸福
じっとして動かぬ獣《けもの》に私もなり
やがてさらさらと流れる粉雪になり
まだしばらく明かりはある

二〇〇八年二月一七日

一滴の無音のように

喧噪《けんそう》の水面に落ちた
一滴の無音のように
広がる波紋とともに
その静寂が水面を覆《おお》っていくように

多忙に埋め尽くされる生活の中に
ふととらえた無為のように
風呂に入って空や山や
あたりの木々を眺めるように

山仕事の汗を
拭いて冷やす間合いのように
手をとめて木イチゴの実や
ナナフシの子どもに見入るように

戦争が
終わるように
日記を
つけるように

二〇〇八年六月九日

香り

村の配り物を数軒分預かって
妻が配っている
家から少し離れた小屋の裏にある庭へ
私は草を見に行く

小川の向こうの畑の中に
新しくできた墓のお骨納《こつおさ》めに
その親戚《しんせき》が集まっている
私はミツバやウドを少し折る

六月に入ったばかりの明らかな午後の光の中で
私は物を誤《あやま》り無くとらえることができているだろうか
まして言葉になるときそして考えたとき　正しさの水面を
人はいまだにかすめて上下にはずれ続ける

もう捨てようと思う言葉もある
ミツバとウドの香りを手に私は書く
人はその種《しゅ》を終えるまで誤りの水面を分けて行くだろう
そして私は夕餉《ゆうげ》のみそ汁をつくる

二〇〇八年六月一日

遠く

遠く出て行くという私の意識は
せいぜいが幻想で　たとえば
れんげ畑のあかい花の群れの中に落ちて
草に埋もれて横になるのが実際だ

出て行くことなど誰もできない
戦争をするしかない国家というものも
無意識の習慣に枠取られる家族も
すべてを支配する神も

だが、そうだろうか
神はいないし
新しい愛が新しく家族を生むし
戦争を放棄した憲法もまだかろうじて生きている

ヒトなる新種が出来た時　偶然脳にコトバを持っていた
私はわたしの身体から出ていくことはできない
コトバは何より考えるためにある
それごと移って行く方法を

二〇〇九年五月五日

相談を受けるように

風呂に浸かると　おおきくはない窓に今しも
午後三時の太陽が来る　風と
まぶたを閉じてあかく
頭部が日にやけていく

相談を受けるのは　このようなもの
おおきくはない窓から入って来るものに
その気持ちに　私の時が生かされ
詩を考えるように考えが来る

詩はむろん論理を持つ
言うまでもなく感情も
けれど何よりそれは世界を受け止める
受け止め方だ　言葉での

詩を考えるように
相談を受けるように
五月の太陽が来る
湯に浸かる午後三時のわたしに

二〇〇九年五月一〇日

享受する

幾日も疲れて
ようやく得た休日
せつないほどにおいしい眠りが
わき出るように私を浸している

その幾日も
私は自分のことに没頭して
家のすべてばかりでなく
私の雑用もあなたに任せて

この休日も
客人も　老母も　あなたに任せて
遠くあなたが語っている声や
家事であなたが立てる音を聞きながら

責任も無く　恥じらいもなく
わき出るように溢れてくる
せつないほどに気持ちのよい眠りを
そしてあなたを　享受している

二〇〇九年一〇月一二日

がらんと抜ける青空

がらんと抜ける青空
雲も流れぬ
高山《こうざん》に初雪も来た中秋の
あたたかい昼

細い草の先の
固いつぼみに留まって
考え込んでいる
透明なアキアカネ

予定のない日の空白を
埋めようとすればすることはたくさんあっても　しない
けれど空白そのものを楽しむには　心にある空しさが鮮明で
それは何のせいだと空に問う

年齢や政治や疲労や誰か人や
けれどがらんと抜ける青空
足下を空色のシジミ蝶がひらひらと
その空色を翻《ひるがえ》して行く

二〇〇九年一〇月一三日

年齢

夢見る者のように　未熟さも可能性も心も　十代か二十代にしか感じられない私は
記録上一九五二年に生まれたことになっているし経過の記憶を失ってもいないけれど
その落差への戸惑いを毎日整理しながらその手触りの違和感とよろこびを生きている
今朝の食卓で　母の髪を初めて散髪した　九五才の母にしていなかったことがまだある

雪に妨げられて踏み込むことのできない風景の　周縁《しゅうえん》で
願いのように橋に立ち　足下の流れを聞き頭上の空を眺める
青空を氷晶《ひょうしょう》の雲が渡っていく
雪の堆積は十日に満たず　そこに遊ぶセキレイのつがいの遊びは一瞬

四二年の間に三ヶ月ばかり発電をした実験炉のその実験は
まだ続けられようとしている　何の目的があって？
その実現のための法も制度も芽吹きのままに摘み取られて六二年の憲法の理想は
その初めよりも後ろへ遠く遠ざかっている

終わらせるべきことは何で　終えていけないことは何
始めるべきことは何で　始めていけないことは何か
祈りのように見上げると氷の雲が頂を透明にかすめる山は億年
宇宙の途中地球の年にいて　日が差して摂氏一度の刺すように濃い今日この一日

二〇〇九年一二月二九日

対話

疲れ果てた者のように
動きを失っていく母よ
少しずつ
少しずつ

足は指を反らせることができるし
手は片方を動かしてつかむこともできる
だが何かを一口食べることも
言葉を聴くことも疲れるようで

それでも目の輝きを失っていない
視点も定まっている
そこに母はいて
世界を見続けている

うなずき合うだけの
私たちの対話
それはなんと大きな対話だろう
ともに十分な存在として

二〇一〇年三月二八日

むしろ神は

もしも神がいるなら
むしろ神は驚いたに違いない
生物の進化という予測も出来ぬ劇的な劇と
そうして在る想像もできぬ在りように

むしろ神は混乱と無力感のうちに自分を責めたのに違いない
人の誰と誰が結局は結ばれるのか
その過程でどれほどの切なさや　成就できない悲しみがあり
それらすべては神の力に余る

むしろ神は焦燥のうちに身をやつれさせるに違いない
あれほどまでに地球を覆った人というものが
どうしてあれほどまでに仲間をあやつり
またあやつられて戦争をやめることができないのか

そうして神は地球から遠くへ去り
見ることをやめるか
あるいは少なくとも人というものを
忘れようとするのではないか

二〇一〇年七月一一日

私たちのそばを

母が眠っている
入れ歯をはずした口元が弁のように前後して
ガラス戸から入る昼のやわらかな光に
肌はまだつやさえあり

目覚める時間はだいぶ少なくなったけれど
うなづいたり　声のない口の動きで応えたり
まなざしもしっかりあるし
笑いさえする

脚は骨の太さで　腕も片方は自由にならず
寝返りを打つことができず
背中も腰も痛いに違いなく
脚は痛がる

目を開けていても刺激を必要ともせず鬱屈《うっくつ》しない時間を
静かに愉《たの》しんでいるかのようだ
そして今また母は眠っている
私たちのそばを時間が通っていくが私も母も全く気にならない

二〇一〇年八月二二日

母はここにいて

母は母に似ている
儀礼についてたずねてももう教えてくれないし
誰彼《だれかれ》の名前を確かめてももう答えてはくれないし
味付けについて聞いてももう語ってはくれない

知っているに違いないし、憶えているに違いないが
ほとんど声の無い言葉をたまに語ろうとするだけなので。
好きだった読書ももうしないし
パズルのピースももう入れないし

服も縫わない。
けれども母は母の母に似ているに違いないし
私の知らない多くの背景や
まだたくさんの母そのものを知ることもできずに

母はここにいて
母そのものであり
秋の大気を吸い
私にほほえむ

二〇一〇年一〇月一一日

小さくほぐれた

澄んだ空に小さくほぐれた鱗雲《うろこぐも》が浮かび
飛行機が雲も引かずに小さく通り過ぎていく
それを二人で見ている
あなたは洗濯物を干し　ぼくは風呂に浸かって

開いた窓のそとどうち
小さな村の小さな一隅
静かな休日の明るい午前
小さな花蜂《はなばち》がその窓を通り抜ける

米の収穫が終わり
村の小さな祭も終わった
ぼくらの息子夫婦の子供は生まれて五ヶ月
小さな身体に宇宙の柔らかさが宿っている

それからあなたは風呂に入って本を読み
ぼくは外で詩を書いている
小さくなっていくぼくの母はベッドで午前の眠りを眠り
どこかでボールの音がする、とあなたが言う

二〇一〇年一〇月一二日

空に救われて

冷気はあるが虹色にゆるみ
あおい青い地球の空の
その遠い高みへ
まっすぐにゆっくりとのぼっていく

あたりを覆っている白い雪から
　透明な蒸気が
雪原に立つ人から
　鮮明な視線が

遙かなものを
悠々と追いながら
繰り返しと　誕生の　時間が流れている
そのどこに位置したのか　それが問題ではないと思える青い空

真冬の真昼の明るい空に救われて
きのう去った母を思い
きのう生まれたこどもを思い
きょうをともにする人を思い

二〇一一年一月一〇日

私にひそむ魔性のように〜あるいは春

私にひそむ魔性のように
雪の下にあるぬくい春
月下の分厚い雪原の
さらに凍るときに

固い石と肉のような土の中に
死と再生に挟まれて
そのいずれかに賭けるしかない
希望とも言えぬ時間を

うずたかい雪の下に
それでも空洞をうがち
隙間《すきま》を広げる虫のように
背中を持ち上げる獣のように

いつかついに昼のまぶしい日差しの中で
まだ寒い空を映すきらめきの積雪の表面へ
うがたれて開く春の勝利することの、怖さよ
冬の厳しくも静穏な秩序を終わらせようとするものの

二〇一一年二月二〇日

題もなく

くるくると巻くつむじ風の中を
まっすぐに立ちのぼるあわい煙が
空の雲に届いている
丘も田も雪に覆われ

まぶしい青いきらめきの中に
おぼれるように仰向いて手を広げ
わたしは孤独にひとつぶの粒子
去った者はすでに遠く

この世とも思われぬ人気《ひとけ》の無さ
僻村《へきそん》の冬の真昼の晴天の
誰のためでも何のためでもない
日差し自身の日差しの中で

音もなく水路を流れる透明な水のなめらかさ
死に絶えた音の中で
死に絶えた母がいる
新しいものを生み出すために

二〇一一年二月二六日

簡単な危険が

たくさん過ぎるほどのことが教えられ知られているのに
簡単な危険が教えられていない
地殻《ちかく》が動き海が揺れるということが
放射性原子が集められていれば熱くなるということが

大規模に電力を作るしかない方法のために過剰な電力を使うように強いられていることが
その機械はりぼての玩具に似ていることが
低線量の蓄積被爆《ちくせきひばく》で細胞の機制《きせい》が壊れていくことが
放射性なる廃棄物を完全に葬《ほおむ》る方法などないことが

たくさんの正しい方法が疑われるようにし向けられ封じられるので
簡単な間違いが疑われていない
まだ安全だなどという宣伝のために避難をさせないことが
まだそのお金儲《もう》けの方法を続けようとして人々を見殺しにすることが

喪《も》に服することや助けるために自分の身体を諦《あきら》める行動が
格差の無い共同をつくりだして
異変の中でも秩序を生んでいるが
それらすべてを裏切って不当な　私欲の人々がいる

二〇一一年三月二〇

不安の根っこ

雪がある日本の三月
大陸の底へ潜り込む海の地殻《ちかく》が進み
地震と海面の変化で村々が飲まれ
隠されていた核分裂がむき出しになった

遠いのか近いのか同じ国にいて判らない
あるはずの危険のその程度が計れない
失われた人への悲しみや失われそうな人の救助
家を離れた生活の寒さや困窮《こんきゅう》の　どれ一つも想像を整えることができない

怒りが次第に積もってくる
互いに怒っているのでそれで過ごすには
互いに無口になるしかない
すねたように

不安の根っこをわたしは探しているが
それを隠している者たちがいる
私たちは不安であってはいけないのだという
不安であることで良くなることは無いのだという

二〇一一年五月七日

だから雨が

ばらばらと雨がやってくる
動物たちがそれぞれの巣へ逃げ込むように
心をこころで覆う
そこで静かにほぐされていく

だから雨が好きだ
緑がもえる五月の
ぬくもりと肌寒さが混じる
こんな孤独な夜にも

こころの奥で聴きながら雨を感じているのは
自分だけではないという
もしかしてそんなことを思っている
さらにずっと奥で

それはほとんど　信じるということ
自分のではないこころを
雨の向こうから今しも起きる風でばたつく物音におびえる人の
眠りに着く前の

二〇一一年五月八日

天《てん》という名の猫の死

三分前に私を咬《か》んだその力は十分な痛みを私に残したのに
息絶えた
その不思議さが解けなくて
存在した者の今尚《いまなお》の存在と亡骸《なきがら》の落差をひきずる

立ち上がることができない足で
それでも這うように姿勢を直らせながら
どこに行こうとしていたのか
部屋に待ちかねて、私がいる風呂に近づきながら

食べられなかったのはその日だけ
前日も食事の私にねだり続けて
病院も介護も必要とせずに
歩こうとしては倒れるのは最後のほんの数分

その生の輝きを
消し尽くして
世界に細胞や分子や原子の記憶をかすかに残すだけで
自分にあった生得性《せいとくせい》も想い出も　すべて無くして

二〇一一年一〇月六日

その人に劣らず静かな声で

絢爛《けんらん》の花が落ちたのではない
樹皮や葉や木質に違わぬ実が落ちて
質朴の人々のつながりであり得た
そのままの味わいと栄養が静かに

そのままに置かれたのだ
世界の周縁かもしれないが
ここに長く定常を作り上げて
加わって黙ってそのまま同人なるもの

言葉を失っていく首長を
やわらかなほほえみと潤む目で囲み
やさしい静けさでせりあがるものをとどめながら
その人に劣らず静かな声で

言葉を磨く人たちだから
今はどのような多弁も必要とせずに
互いのこころを感じながら
かすかになっていこうとする

同人誌『日本海作家』終刊

二〇一一年十一月三日

知るべきだ

波にのまれるように
誰もが巻き込まれている
生まれた者も
巻き込まれていく

やめるべきだということを
誰もが明確に知っている
そのことを
やめることができない

誰かの横暴《おうぼう》がそれをつくり
それをやめさせられなくしているのは
諦《あきら》めがつかない
地球の動きですら諦めがつかないのに

私たちは生き物で
見えない毒にも冒されやすく
あっけなく壊れて死ぬものだと
知るべきだ

二〇一二年一月三日

理想

新人かなにかのように自分のことを思っているが
新人だとさえ知られることもなく
化石になった恐竜のように
種《しゅ》を示す標本でさえないほどに　私は名もない

だが私やきみの無名なことなどどうだっていいのだ
問題なのは　無名な私たちこそ主役なのだということを
知らない人や社会なのだ
あるいはそれを私やきみが知らないとしたらそのことなのだ

幸福になる資格はわたしたちにあり
幸福をつくることがわたしたちにはできる
世界の片隅にこそわたしたちは住んでいて
知られることがないということで本物である日常を作っている

どうしても知られたいなら神を想って頼むのがいい
観てくれるかもしれないから　けれど神はいない
だから孤独な私たちどうし
小さな周辺の少数ではあっても　知りあい　尊敬しあう

二〇一二年一月七日

変化のために

ダーウィンが教えた進化のように
人の文化も社会も進むものかと聴くと
そうではないと友人は答えた
進んでは戻り　あるいは衰《おとろ》えては戻ると

けれどグールドが教えたように
分離されたところであり得た変化が変化を呼び
短い間に大きな変化が全体として起こるなら
そして平衡《へいこう》の時が来るなら

もしかして大江が教えるこの国のあいまいさは
あり得た個々の変化も
すぐに元のものに混ざり合わせることで
無に帰すだろう

進化がＤＮＡをあてにするように
文化や社会は何をあてにするのか
言葉？　だが制御《せいぎょ》と変革《へんかく》において
ＤＮＡは言葉よりはるかにすぐれている

二〇一二年一月七日

われらの平野の北東に

われらの平野の北東に連なり拡がる高い雪の山脈が
快晴に過ぎた一日の暮れる今しも　照らされてあかい橙や紫に染まり
空に接する稜線は　その空を彫ったようにくっきりと浮かび上がり
欠ける部分もなく一色の白山《はくさん》から　荒島《あらしま》岳まで重なりながら圧倒して展開する

誰もが同じように息をのみ、胸を熱くしながら眺めるに違いない
誰もがともにする胸苦しいほどのあこがれというものがあるに違いない
このひと時にあり得て消えていくであろう
この地形と天候と生き物と光との鮮明な実在

だがそうではない　誰もが同じではない
私もまた自分の幸福のためにしか行動しないが
自分の幸福のためにあまりにも多数の人の犠牲をよしとする人がいる
そのような人のあこがれとはあまりにも多くの人の胸を冷やすことだ

生のあかしも　生の幸福も
このような一瞬にあるというのに
誰もが同じように息を飲み有得《ありえ》て消えていくこの鮮明な実在を共にすることができたなら
山々も空も濃く濃く暮れていく

二〇一二年一月八日

彼は外にいるわけではない

彼はその外にいるわけではない
同じシステムを生きて
むしろより多くその恩恵に浴し
あるいは罪悪感さえ抱いて自分の場所に立っている

痛みやふるえなどそのするどさは違うし
路頭《ろとう》に迷うような不安や物言えぬ怒りの深さも違う
けれど　少なくとも共有する感情があり
わずかであれゆとりをそのために生かすことができる

知識人
被災を免《まぬが》れた者
無名でありつづけて幸福を擁護する者
教師、宗教家、報道、アーティスト、退職者、・・・

彼の役割の大きさをあなどってはいけない
革命を求めるほど変え行くべき事態の続くこの球体で
あるいは敵としても　計り知れない役割を
彼自身が知るべきだ

二〇一二年二月一二日

やわらかに慈《いつく》しみの雨が降る

青き麦をしめらせて
やわらかに　慈しみの雨が降る
濡れそぼつ鳥さえ啼きて
穂の先に風もかすかに

青葉ゆたかにミズキの
花は真白に雨にもけぶらず
花びらは張り　幹は立ち
目指すところ受けとるものは明らかに

むごい事の中で　癒《いや》されもえぬ人や
雨の空さえ見ることもできず閉じられた人
かすかな風や花の色も知らぬ人や
目指すところも受け取るべきものも間違った人

どちらにも気づかれず
そのどちらを癒すことも出来ずに　わたしらに見えぬ向こうで
川をまだ雪解けの豊かな水が流れ
岸辺には目にしむほどにやなぎあおめる

二〇一二年五月四日

落日の日差しは川に溢れ

落日の日差しは川に溢れ
茂みの青葉は陰影も色もまぶしく
その幹を包んで草草はさらにやわらかに深く敷き詰めて
曲想を変えながら広い川の縁を西へつながりおりていく

羽のある虫たちもその日差しの中にあり
鳥は枝に巣を持ち
草の中にトカゲやネズミやカメ
人は川縁に立ち時間と音の濃度が重たくなるのを感じている

それらすべてを貫いて
水はすべっている
空のひかりをうつして
ひたすらに

新しくなる植物
老いるしかない動物
植物の愛とは何?
人の愛とは何?

二〇一二年五月二三日

ぼくらはながめる一頭の獣《けもの》になる　～ほたる～

ぼくらはながめる一頭の獣になる
あたたかな闇とやわらかな草のかおり
かき立てる沢音とすべる波音がつくる　深い静けさの中で
わーっとほたるがとんでいるのだ

顔を通りすぎるほたるの中にいてほたるをながめる
やがて同調する明滅《めいめつ》がぼくらを誘うのはどこへ？
かなしみやくるしみの奥にそれをほどくものがあるかのように
ほどけてぼくらは生まれたばかりの生き物のようになり

扇状地のかなめに　一〇メートルの川を渡る橋があり
開けていく段丘にぼくらの村があり
川はさらに下って大川へ交わっていく
この橋には熊も狐《きつね》も鹿も栗鼠《りす》もくる

五日の月が木々の西にあるが
囲む木々の誘う頭上へ顔を向けると五等星の見える空が限られ
その細かでたくさんの星々に　上っていくほたるが混じると
世界のどこに、人生のいつ、このようなことがあろう、と

二〇一二年六月二八日

アンサンブルに寄せて

端磁《はじ》く　絃《いと》を
とても響かせて　とても拡がり　とても招き入れ
すらりと立つ木肌色のたてごとを鳴らす謙遜と厳格
押し寄せる縦の振動が縦に取り巻いて為すのは魔法

馴《な》らす　大気を
とても語って　とても堂々と　とても伝えて
鉄の絃を水平な波にして海から成層圏まで
騒がせて液をも滴《したた》らせて岩に絵をうがつ

打《う》とう　空を
とてもしなやかに　とても立てて　とてもまっすぐに
母音のムチで人々を上方へ連れ去る方途は
ローマや独逸《どいつ》やそして日本の言葉の驚くべき使い方

香《か》な出る　あなたが
とても合わせて　とてもつないで　とてもうたって
銀の円筒《えんとう》から出るのは気体か液体か更紗《さらさ》の布か
ホールを満たして他の音色《ねいろ》と人を包みその中にあなた自身を美しくする

二〇一二年七月一四日

彼女が出る

金木犀の残り香の流れる村の道へ
家の玄関先を彼女が出る
高島田《たかしまだ》を真っ白なつのかくしでまつい
赤に黒のはっきりしたうちかけを着て

村の秋の正午の日差しの中へ
一六七センチの身体を伸ばして
唇に紅を引いた伏し目の色白の彼女が
時計草の門の間でわずかな時を作る

参集した村の人たちが声を上げる
その声がやわらかなけむりのように
あふれて上空に上がっていく
その高い空から見ている者があるかのようだ

残されていく香りやあたたかさや映像は
残されていくというよりあまりにも明瞭で
その真実こそ私たちの時間に結ばれた幸福に違いなく
寂しさは無い

二〇一二年一〇月一三日

すべては失われるものだと知ることで

秋なのにしろくけぶるあおぞらへ
たくさんのアキアカネがのぼっていく
しろさにまぶしくて眼をつぶるほどのひかりのなかへ
点になってきえていく

愛する者はいつか去り
私もまた愛する者から去り
音は無音の永久へ儚《はかな》く
それでも高い秋の空を陽は西へさらにまぶしくおりていく

すべては失われるものだと知ることで
ひとときの幸福がかけがいのないよろこびになる
私は一つの人生を生きるのだがその内にたくさんの生を得る
生というものが胸の熱くなる輝きの一瞬であるなら

今また蝶のはばたくように
私の胸が鼓動を打ち
前にあるものを見つめてまばたきも惜しく
けれど切なくきょうを惜しむ

二〇一二年一〇月二一日

覚めて

布が十字にベリッと破れるように
心がぎゅっとねじれて引き出される
誰にでもない　自分で
どんな時でもない　突然

嵐のように眠りが来る
遠くを来て岸に打ち、高く躍《おど》る波にのまれて
わたしのままにわたしを終わる
わたしであり続けるために

やわらかな球体の表面から滑り込む
忘却へのいざないは　一個の卵細胞に
核を送り届けた果てに
定められた者と新しい個体を作るのに似ている

まとめることなどできない　纏《まと》めきってはいけない
おいつめてはいけない、自分を　しすぎていけないのは金儲《かねもう》けと同じこと
浮いて漂うのではなく投棄《とうき》するように立ち　覚めて
痛々しく明瞭なこれらをそのままに受け取る

二〇一二年一二月八日（自身六〇歳）

雪の

吹雪のあとの
やわらかな二次元平面の中では
夢見ることが容易で
むしろすでに入り込んだ夢から覚めることが難しい

あたかも天上の白さで
陰影も濃淡もなく
形あるものはなく
境界がない

私たちの思考はこのようにも未熟で
私たちの差異はこのようにも際立たない
私たちの時は雪面の氷晶のようにかろく流れて
やがて陽が差すときにとけていくのだ

けれども雪が融《と》けたあとに
形あるものがとげとげしく形をなし
そして今は寒く　なぎ倒されたものたちがあることを
私たちに隠しつくすことはできない

二〇一三年一月三一日

同意

国民は自分たちが同意したということになっている多くの
いや、ほとんどすべての国策《こくさく》や国のシステムについて知らない
いわば、国民は何も知らずに同意して来たのだ

電力会社の資本を国が用意し
その事故の補償を国がする
他の国へそのプラントを売りに出し
セールスの先頭に立つのが国だなどと
国民が知ったのは大きな事故が起こってからだ

知られてもなお平然と続けるその国策やシステムは
堅《かた》い、曲げられぬ信念に染め抜かれているので
知ってもなお国民は何もできないのだ

私は同意している
私の知らないことに
私の許せないことに
私の同意しないことに
だが同意しているのは事実なのだ

二〇一三年九月一六日

きみの六〇歳の誕生日に

戻ることの出来ない道もあるのかもしれない
幸い僕らにはなかった
あったのかもしれないがそうとは気づかず
ずっと歩いて来た　二人で

戻って行けると感じている
来た道を若い時へ遡《さかのぼ》って
二人で語りながら
見慣れた風景が見慣れないものになりながら

その先で私たちはそれぞれになる
あなたは若い一人のあなたに
新しいものがあり
あなたの創り出す新しいものがある

その頃　私たちのこどももまた
道を振り返り　戻るかあるいはそのまま歩き続ける
こどものこどもたちはまた出会いをして
ともに歩く人を見つけるのだろう

二〇一三年一〇月一二日

大きな愛

知ることが　それだけで力あることだとしても
知るべきことが無数にあるだけでなく
その範疇《はんちゅう》は国家の数より多く
その層は自然界のクラスターより多い

しかもその分離や整理は必ずしも知ることの旅路を案内するものでなく
すなわち分断のための分断であることも多く
その連絡や系統は必ずしも目的地へ導くものでなく
すなわち破滅の絶壁への迷い道であることも多く

そして統合は知においてどうしても必要なことだ
ニューロンの網の柱のように
範疇をかけめぐり層をかけのぼって
ヒトの行動と言葉と感情のように

感情もまた生得的に最初のヒトから受け継がれてきたものだ
脳を走る化学物質や関係のパターンへの反応や、それは重要な適応性をもたらしている
多様性は、単に物質、単に生物、単に知識・・等々にあるのでなく統合の劇にある
様々な色合いや詳細や範疇や層を含めてその多様性の中に大きな愛もまたある

二〇一三年一〇月一七日

今

わたしは六人きょうだいの末っ子で
五人の姉がいて男はわたし一人
お金持ちではない家で、身体も楽ではなかった母が
よく産んで育ててくれたものだ

三番目の姉は若い時病弱で子供を産めるのかと思われたが
男の子を一人産んで育てた
身体の大きな丈夫な子で気だての優しい誰にも好かれる人だった
その子が病気で　二三歳で世を去った

百億年前にこの宇宙ができたのはどのような奇跡だったか
三五億年前にこの地球に生命ができたのは比べてどれほどの？
種《しゅ》を増やしながらそれがこれほどにも長く継がれて来たのは？
そのようにして一つの命が存在したこと

その事実は誰にも何によっても消されることはない　二度と
そのことは天国や来生を必要ともしない
ましてそれが今在ることなら
よろこびと輝きは汲み尽くせぬほどに惜しげもなく溢れ続けている

二〇一三年一〇月二三日

愚かさ

あらたな　つまり最近の機械が最良のものだとはかぎらない
最近の原理や哲学も
最近の法律が最良のものだとはかぎらない
最近の政府も

それは最良のものを邪魔したり覆《おお》い隠すばかりでなく
苦労して積み上げたものをなぎ倒し駆逐《くちく》することもある
駆逐されたものより駆逐したものの方が良いとは限らない
　なぎ倒すには

苦労して積み上げた百万の見識に対して
一つの愚かさで十分なときもある
愚かさはおろかさゆえにふたたび押しやられるとしても
　それによって消されたもので

二度と生まれない　より良いものがたくさんある
一方愚かさはどうにも消えずに
押しやられても生きながらえて
時を得ては芽を出し高々とそびえるのだ

二〇一三年一〇月三一日

こんなにも遠くへと

こんなにも遠くへ　とは言わずに
あなたはそこから送ってくる
時はすべてのものに同じようにそそぎ
人は食べて眠って過ぎていくのだけれど

こんなにも遠くへ　とは言わずに
あなたがそこで見るものを
あなたしかたくわえることができないとしても
その距離をくやみはしないのだろう

こちらではあまりにもわずかな距離を
行ったり来たりすることを繰り返し
時には百年も戻ることに驚くこともなく
遅滞している

遅滞が大きな進歩の秘密だと　ヒトのことを言うのは
皮肉な　逆説の逆説でもある
私たちはここから離れることができずに
あなたの送ってくるものを受け取る

二〇一三年一一月一四日

置き忘れた

置き忘れた
それをどこかに
たとえば
草のなびく石の上のようなところに

きっとそのとき石も草も乾いていたが
それから雨が降ったりして
それはもう濡れてまた乾いて
もしも見つかってもまだ使えるだろうか

置き忘れた
それがどこかわからない
あるいは
ぽろっととり落としたのだとしたらどこなのか分かりようもない

そのように知りようもなく
置き忘れることができたらと思う愛もある
けれどそれが何かははっきりと分かっている
たとえばどうしても読みたい一冊の本

二〇一三年一一月一五日

美しさ

誰かのためにではなく
何かのためにでもなく
ただできあがった美しさの
物や風景や形や音やかおりがある

美しさはむしろ受け取る私や動物や
吹き抜ける風や流れる水や
立ち上がる植物や転がる石や
その美しさに対する側にある

むき出しの心はときにみにくく
わたしはこんなにもきたなくよごれて
この世にそんなものがあると驚くほどだが
すべてを捨てたかのような瞬間に受け取ることのできる美しさがある

誰かのためにではなく
何かのためにでもないが
そこにあるすべてのものが享受する構成としてできている美
美しさ自身は遠くを見ている

二〇一三年一一月二七日

快晴の冬に

つららにも　雪原の雪面にも　屋根の雪にも
せせらぎにも　青空の青にも　わたぼうしにも
日は差す　けれども　昼が過ぎても
すべてはこおりついている　風景が　止まって

自分から離れた自分がいるかのように
何かをそこへ受け渡すことができるかのように
感覚だけの軽やかさになって逃げ出すことができるかのように
物であればあるほど幸福と自分への飛翔ができるかのように

のどかな風景のなかののどかな時間をゆめみて
目に触れたくないものをやわらかに遮断《しゃだん》して
使い切りの人生のように使い切りの暖房をたき
麓のような足もとから自分をあたたかくふわっとおおっていく

けれどもそれがしめつけるわざだと知らない
わたしたちは深く物であるためにそのように世界を売り渡したまま
物になることでは幸福になれないようにできている
ぎゅっと縛《しば》られている　凍てついた風景のように

二〇一四年一月一六日

人生は人生でしかない

人生は人生でしかない
私は変化するとしても変化しつつも私であり
あなたはやはり一人のあなたであり
始まりがあったように終わりがある

世界を私のものにすることなどできはしない
人ばかりでなく生き物も無生物もそれぞれの場所を持ち
それぞれの時間を所有して世界がある
世界を自分のものにしようとするもののせいで人生が失われ世界が失われる

世界に自分を認めさせることなどできはしない
様々なことが違っているいくつもの物は、それぞれに自分を生きてあるいは存在させて
敬意を払うならその違い故にこそ楽しく世界は美しいものになる
世界に自分を認めることを求めるものは価値を築くことのないままに名声を残す

無名のままに自分の人生をたどる
そのようなあなたの人生がそのような私の人生とつながりふくらむ
濁《にご》りも汚染もない澄んだ大気の澄んだ日差しがふりそそぐとき
そのような人生だけが一瞬の永遠も広大な宇宙も味わうことができる

二〇一四年二月二一日

年齢を経ていく人を見る

向こう三軒両隣の当主たちはここで生まれてここで暮らしてきた
幼い顔が少年になり青年になり今は白髪や皺《しわ》も見える
五〇代六〇代の彼らにはいずれも太陽のような母親が家にいて
その母親たちの顔はモンタージュがゆっくりスライドしてきたように変化に気づかない

自分の子供たちをわたしはずっと見てきた
生まれたばかりの赤ん坊から寝顔の美しい幼い頃
若々しさと苦悩の入り交じった時から
それぞれ一緒に暮らす相手と暮らし始めて・・

妻と出会ったのはともに二〇代の半ば
外の日差しの中で動いている互いの姿を見ながら徐々に近づいて
髪は変わらず姿勢も変わらず　おそらくは
私たちの人生の時間のはやさにちょうど見合った変化なのだ

年齢を経ていく人を見る
初めての人に出会うがその人にもその経てきた時を想う
妻はきっと鏡のように私を映している
年齢を経ていく人を見ながらここで私の時は過ぎていく

二〇一四年二月二七日

詩の二行

あなたがときには声を立てて眠っている
私は目を閉じたままその姿を見ている
私もまたときに声を立てて眠っている
あなたが目を閉じたままその姿を見ている

私たちはまるで
詩の二行のようだ

わたしはあなたのうたをきく
あなたはわたしのうたをきく

私たちには息子と娘がいて
四行だった日々もある

その二行は　育って
消えて行った

あなたの行はわたしにとって永遠
わたしの行はあなたにとって永遠

消えることのない
永遠の詩の行

二〇一四年三月二一日

やわらかな

山腹の新緑のアーチの下を
時折語り合い
わずかな息を感じあい
ひとと一緒に下りてくる

どの木々にもやわらかなみどり
見上げるとそのみどりの向こうの
すこしかすんだやわらかなそら
かすかに汗をかいたやわらかなじかん

ふもとや平野にあるのと
おなじような木々　おなじような動物たちでも
降りそそぐ低い気温の日差しの中で
低い気圧の風にふかれるそれらのものと

その万満の新緑にぼくらは埋もれて
なおもその緑の葉裏を見上げながら
その高みに身を置くことのたのしみを
やわらかに共にする

二〇一四年五月六日

幸福は

数年　登山をしていない
以前はよくした
白山《はくさん》にも赤岳《あかだけ》にも
裏の雑木の斜面にも

川遊びもしていない
以前はよくした
冷たい岩屋川《いわやかわ》でも
九頭竜川《くずりゅうがわ》の浅瀬でも

おにごっこや
野草の花や
昆虫や鳥や
絵や本や　様々な遊び

脳の快《こころよ》さにある幸福は
多くの人にとって　だから以前にある
願わくは未来に　その蘇《よみがえ》りもあり
新たな時もあらんことを

二〇一四年五月二三日

六月

やわらかい日差しに晴れて涼やかな風のながれる六月のひと日
一人家にいて　ひとり散歩する
音楽のようにカレンダーが風に音をたて
山を下りてきたウグイスの声がセキレイに混じる

わずかな休耕田《きゅうこうでん》に植えた花菖蒲《はなしょうぶ》が
青紫とワインレッドに咲き
前世紀のメスシリンダーや壺に百本飾って
なお、百本立って揺れている

あたりでは　ホタルが舞い
実った梅が夜中に落ち
朝にツバメが低い空中へ巣立ち
玄関先のカーテンになった時計草が咲いている

カラーの花が終わり　ダリアが終わり
田の畦《あぜ》の小川を水がながれ
わたしはわずかな距離をゆっくりとめぐり
静かに家にもどってくる

二〇一四年六月一九日

待つ

風呂を洗って　洗った水が流れ去るのを待つ
田に水をはって　水がたまるのを待つ
植物の鉢に水を注ぎ　土にしみとおるのを待つ
汐《しお》が満ちるのを待つように　その人を待つ

ネコに玄関の戸をあけて　ネコが出るのを待つ
トカゲが玄関先の石段を横切り　通り過ぎるのを待つ
玄関先のハツユキカズラの中に作った巣の先で警戒するセキレイが納得するのを待つ
その先におとずれたカモシカがイヌに近づいて　また去っていくのを待つ

待つ時間は　余白のようなもので
為すことにとっては　いとうべき中断かもしれない
けれどふと　その時間にこそ開かれるよろこばしいものがあり
意図も意味も目的も経路もなく　わたしやわたしの人生が見える気がする

突然の風が吹きすぎるのを待つ
笹舟が流れに消えていくのを待つ
すじ雲が夕焼けてやがて空が青く色を変えていくのを待つ
詩を書く三〇分を自分のために自分の仕事を待つ

二〇一四年七月一〇日

一〇万年の責任

この国にプルトニウムはすでに
全地球の生物をほろぼせるだけ濃縮されてある
溜め続けて　さらに溜めるしかない
ごみを処分するようには処分できないとわかっていながら考えないことにして

放射性物質についての基礎的なことをわかりもせず
調べようともしないで始められ続けられて
プールに溜め　年数をかけて冷やし
そのうち　放射能を封じる効果などないガラス固体にして地下に埋めるという

可能な費用での科学的な処理方法がいずれ見つかるように思っていたのなら
それはやはり放射性物質についての基礎的なことを理解しようとしなかったからだが
その無理解のために埋めれば済むなどということを言うのだ
そのような愚かさに支配されるこの国の愚かさよ

地球は生きていて動いている
この国のあたりは特に激しく
現生人類ができてからの時間の一千分の一も私たちは生きていない
その一〇万年と同じ時間をあなたはどのように生きて見守るのか
冗談はそこまでにしよう

二〇一四年九月四日

黒い県

大変な毒を誘致《ゆうち》して
他が断《ことわ》るその増設をこどものようによろこび
黒いお金をもらって
黒い道路や黒い建物をつくり

黒い毒が溜まりはじめても
溜まりにたまっても気づかぬ風に
周囲の地方の人たちが気づくと
あなたたちのために毒を持っているのだと恩を着せ

それならば周囲の人たちが選ぶこともできずに払って回ってきたその
黒いお金を精算し、返上して
毒をこれ以上増やすことをやめることができるのに
そのおどしやひらき直りはまるで得意がるこどものようだ

人を大切にするのでなくお金を大切にし
この地の人を大切にするのでなく外のお金持ちとの関係を大切にして
この地は海も青く山や野が緑《あお》く美しいのに
黒々とした県になっている

二〇一四年九月四日

空を高々とわたる雲は

空を高々とわたる雲は
霧のような氷晶にすぎないかそけきもので
いつ消えるともしれず　いつ生まれるともしれず
形も容易に変化するもののようでいて　実に保っている

モクセイの香る地表に近いあたりでは
気温が私たちを気持ちよく立たせ
様々な木々の上で様々な鳥が動き
季節のこの地点を今年も過ぎていく

壊れやすいわたしたちのこわれることは
いつでもやってきて　私たちは
支える何かや、私たちを容れる確かな構造のようなものがなければ
たやすくこわれて　夢の中でのようにくだけて融《と》ける

私たちも時には高く、遠く出かけていく
わたしのそばにはいつもあなたがいて
支えとなる大気のような構造
空を高々と雲がわたっていく

二〇一四年一〇月一二日

こんなにも

流れの底には水面の水のわずかな揺れも映り
河原の道に蟻《あり》の影もうつり
石の肌は産毛《うぶげ》があるかのようにかわいてぬくもり
こんなにも晴れてあたたかな秋の日には

人を抱くように
世界を発見するように
身体を洗うように
生きて幸福な瞬間があったのだと

味わうために日差しの中に立ち
空を見上げ
遠い山なみにある樹のひとえだも見える
澄んだ大気を見抜いて

ただそれだけのために過ごして
明日は雨が来て　次第に寒気が雪を連れてくる
十月半ば　終日の全天の青空と日差しを
こんなにも受けとる

二〇一四年一〇月一九日

涙

目を閉じると　私が泳いでいる
ゆったりとした流れの中をゆったりと
冷たくはない水を肌に感じて
腕をかき　身体をロールしながら

目を開くと　日が差している
頂から海へ下る流れのように
そして海からいただきへ遡《さかのぼ》るように
傾斜をわたしたちは泳いでいる

野に出ると　川がすべっている
あたかも宇宙の涙のように
キリストのようにすべてを赦《ゆる》すことは
宇宙にとってさえつらいことであるかのようだ

目を上げると　陽が落ちていく
枝の一つひとつが見える木々のならぶ
遠い山なみの向こう
さらに遠く

二〇一四年一一月一一日

流れの上に

山の頂にはすでに雪も来た秋の終わりの
抜ける青空のあたたかな一日
わたしの村の河原を歩く
金と銀とのススキの原や

白と黒とのセキレイや
音立てる本流のはたの
木々の間を会うて分かれてすべる小川や
堤《つつみ》に降り落ちる木漏《こも》れ日や

流れに頭を出しているかわいた岩に立ち
透明な水底を眺め流れの中の中州《なかす》を眺め
流れ続けるなめらかな流れを眺め
流れの上をすべる綿毛《わたげ》や

流れの上に降り落ちてきた一つの枯葉
見あげてもむろん空があるばかり
今は薄く流れた絹層雲《けんそううん》の
ただ空があるばかりなのに

二〇一四年一一月二三日

六二歳の誕生日に

逆立《さかだ》ちをしなくなってからずいぶんたつ
練習してまたしよう
バットの素振《すぶ》りは一日に数回するけれど
ボールを打ったりキャッチボールはしていない

歌は歌っているけれどギターは鳴らしていない
弦を押さえる指の皮膚はやわらかくなってしまった
絵は一年に一度描くだけで
技術は稚拙《ちせつ》なままだ

遊びには違いないが
見つめることも
人とやりとりすることも
自分を掘り返すことも

扉を開くことも
こころこわれてなお進むことも
もっと少年に戻ることも
旅立つことも

二〇一四年一二月八日

新年

つばさをひろげて新しい年がやってくる
私の高さで
旧い年から新年へ
私は一瞬で乗り換える

上がったり下がったり
振りまわされたりしながら
落ちないように
しがみついてそこで過ごすのだ

つばさをひろげて滑空《かっくう》していく私の新年は
私のものであって　同じ時を生きる人たちのものでもある
なのに私たちはそれぞれに違う新年を持つことになる
すでに違うものにまたがっているではないか

大雪になった
低くひろく響く雷鳴の中で暮れてなお降り積もる雪
それ自体は音もなくうずたかくなる白く冷たいもの
時のように時とともに

二〇一五年一月一日

斜めに降る雪の間で

斜めに降る雪の間で
閉じるように目を開き
開くように目を閉じて
雪の向こうを見ようとする

灰色のかなたは
見えるよりも想像のようで
想像より先に
こごえるようで

・

見ようなどとすることを逃れて
あるいはそもそもその場を逃れて
別の世界へ
建物の暖かさへ逃れ出ることだけを考える

見えないことが　見ようとすることもできないことが
むしろいつもそうなのだと知るが
晴れて日が差すときには
そのどこまでも見えるまぶしい雪原が不思議だ

二〇一五年一月一七日

のこす

その人は毛筆《もうひつ》の手紙をくださる
ご自分の小説作品を書いてご自分で綴《と》じた本もいただいた
ご自分の詩を朗読され、次に私が自分の詩を朗読したこともある
そののこる詩もきっと毛筆で書かれるのだろう

ネットに書かれたものはどれだけのこるのだろう
もしかすると紙に書かれたものより、本より、長くのこるのかもしれない
世界に拡散して限りなくうすめられても
その拡がりが、のこすちからになるのかもしれない

その娘《こ》は言う
三交代の深夜勤務で機械を相手に物をつくりながらその時間がのこらないと感じる
結末の救われない恋愛をしながらその時間はのこるのだろうかと
わずかな貯金がいずれ自分は出ていく家の修繕《しゅうぜん》につかわれてのこらないと

彼女につくられたものはつかわれてこわれて捨てられるだろう
彼女の愛は彼女の胸をしめつけて傷つけてやがて新しい愛に場所をゆずるだろう
彼女は魅力を増し、迷惑をかけるようなことをせず、正しく生きるだろう
そしていずれ死ぬかもしれないが、そのように問いかけた彼女をのこしたい

二〇一五年二月二日

わたゆき

ふうわりとふかくゆきがつもっている
家がくるまれ　村がくるまれている
くるまれた中からわたしたちは小さな目をあげる
ゆきはまだつもっている

こんなときにはむこうでは晴れている
からっと晴れてまぶしい青空がひろがっている
それをわたしたちは知っている
そこへ行ったこともある

べつの国ではいま夏で
あるいはかわきつづける砂漠があり
もっと寒くてもっと凍《こお》りついた海と陸がある
行ったことはないけれどわたしたちはそれを知っている

しろくまあるくゆきがつもっている
家がくるまれ　村がくるまれている
くるまれた中からわたしたちは小さな目をあげる
ふりつづくわたゆき

二〇一五年二月一〇日

一つの国があった

1

一つの国があった
その国は軍隊を持たなかった
戦闘機も戦艦も　銃さえ持たなかった
まして核は

鉄道は人々の普通の生活のためにだけあり
道路が滑走路に転用されるようなことはなく
劇場に人々が強制的に集められるようなことはなく
報道はそれぞれの良心にもとづいて嘘がなかった

安全保障という名の　他国への忠誠《ちゅうせい》を持たず
自衛という名の恐怖を持たず　威嚇《いかく》をせず
集団的云々《うんぬん》という名での他国への介入をゆるす法律など持たなかった
為政者の誰かが他の誰にも明かさずにことをすすめるのを許す法律を持たなかった

だからその国の誰も　他国の誰かを殺せと命ぜられることはなかった
だからその国の人は誰も殺されることがなかった
他国のみなが仲良くしようとするので　国の外でも中でもおそれはなかった
その国には一つの輝かしい憲法があった

2

だからその国はゆたかになり
耕作地が必要なだけひろがり手入れされ
山も野も川も海も　植物や動物に満ちて
人々に不安はなく美しいものを美しいと感じることができた

国費が銃弾にではなく学校や病院にもたらされ
幼児や老人や障害をもったひとたちが大切にされ
電気も本も国の隅々にいきわたり
産業も研究も音楽も劇も旅も恋も、その国の人々の精神は自由であった

偏《かたよ》りのない仕事が無数にあり
仕事を楽しむ親を見てこどもは仕事にあこがれ
こどもたちはさらに価値ある新しいものを生みだしながらも
化石のような価値ある古いものも大切にした

世界の人々がその国にあこがれ　その国の人々は幸福だった
すべては　戦争をすっかり放棄したことがはじまりだった
人々はもっともっとよい国にしようとしていた
あるとき　本当にそんな国があったのだ

二〇一五年二月一〇日

何も知らない

すべてを知っているわけではない
春の夕空を見ながらわけもわからず空のかなたをおもうように
だからこそごまかしなく丁寧に知ろうとする
夕日が差す部屋の机を絵の具で愚直《ぐちょく》に描くように

けれども　針を失わずに刺して逃げる蜂のように
したり顔ですべてを言わずに潜《ひそ》んだ攻撃を重ねる人がある
おきまりのコースを場所も時間も少しずらしただけの観光ツアーのような
慣れて周到《しゅうとう》な洒脱《しゃだつ》さを繰り返す

あるいは本能への刺激を利用して
屈折しねじれたその感性から繰り出される
アイロニーのつもりのその方法はそれもまた一つの暴力であり
神というレトリックのずるさに依拠《いきょ》している

ごまかさないでおこうとする姿勢は
風にさらされる幼児の裸体のように
無防備で無力でどこまでも未熟で
幸福なほどに　何も知らない

二〇一五年三月一三日

ふと生まれ来るもの

ふと生まれ来るもの
手に持てるほどの物体のような
論理の結節点《けっせつてん》のような
化学分子のような

消え去ることをおしみ
糸を巻くようにたぐり
つなげていくと
広がりとふくらみを持ったものになっている

愛や　命のように
蕾《つぼみ》や　花のように
声や　唄のように
詩や　本のように

この宇宙に私がいることは事実だと思う
どれほど小さくても　どれほど短くとも
そしてわたしはひとつのものであり
この宇宙がひとつのものであるのとおなじかもしれない

二〇一五年三月一七日

あなたの寝息が

そばで聞こえるあなたの寝息が
この世にいることをぼくに証《あか》す
それはこの世にあるどんな音より
ぼくには特別なものだ

かすかに聞こえ始めて　次第に大きくなる
その音のなかに　きっと　ぼくの寝息も溶けていくのだ
軒先にはやわらかな春の雨が降っている
玄関先で沈丁花のかおりがながれている

寝息がさらに大きくなるような日には　あなたは疲れていて
ときには大きなため息のように　寝返りをうちながら息をつく
あたりの山裾《やますそ》には山吹がしだれて咲いている
そして桜がざあっと咲いている

そばで聞こえるあなたの寝息が
この世に来たぼくの幸福のすべて
手をのばせばあなたに触れて
あなたが存在している

二〇一五年四月五日

SHIHO

丘々が連なりながら
徐々にその高みを増すように
人々とつながりながら
徐々に高い人と高みにいられたらとおもう

一八歳の SHIHO は賢《かしこ》くて
ほとんど音のない世界にいて
まろやかな笑顔の美しい
純粋でまっすぐな人だ

人なつこくて一生懸命で
こころがあつくて語ることがたくさんあり
世界がきれいに見えていて
孤独だ　　　わたしとおなじように

五月の真昼　石畳の広場の石段の上で
空を見ながら私たちは語り合う
胸の内によどむ残差《ざんさ》を掻《か》き取るように
時を切り開くように

二〇一五年五月三日

クレマチスの花

クレマチスの濃い青紫の花が咲いた
五、六十。
五月の晴れて澄んだ日差しの中で
はじめてのように何十年の繰り返しを

玄関先の石段のわき
板垣を這いのぼる植物たちの
その中に小鳥が巣をつくる
その植物たちを這いのぼり

母が最後の年、この花の前にいた
車いすでぼくと顔をくっつけて笑っていた
九六歳だった
クレマチスの簡素で大きな花に似た笑顔だった

通る人も少ない村の通りに面して
ぼくはそこにたたずんでいる
地面に着いた足はとても安心で
母のあたたかさのようなあたたかさにつつまれて

二〇一五年五月一〇日　母の日

キショウブの立つように

昨夜からの雨が昼過ぎに上がり
まだくろい雲が分かれて青空があらわれる
雲は日差しに上の方をしろくひからせながら
ゆっくりとうごいていく

黄ショウブが群れて咲く
そのまっすぐに立つ茎と葉の
濃い緑の上に
黄色くみだれて

黄ショウブの立つように
夏が立つ
ひらかれた空は冷えたあおいろに見えるが
日差しは地上にたちまちあつく

夏の立つように
生まれた
そして　まっすぐにのびて
はなのようにわらいみだれる

二〇一五年五月二三日

麦《ばく》秋《しゅう》

いちめんのむぎがしろくひかり
とおいあおぞらにひかるすじぐも
ひざしはそらからふりそそぎ
ひばりがむぎをそらへとのぼる

なわてのみちがとおくつづき
やまからながれるかわをこえ
かわいたかぜがすべてをそよとなでていき
ごごのじかんがすぎてゆく

たうえのあとのすいでんは
みずをたたえてそらをうつし
やまなみはかさなりながらそらへとつづき
とおいあおぞらにひかるすじぐも

いろづいてこがねいろからきわまって
いちめんのむぎがしろくひかり
たたずみよこへながれるやまばと
いちめんのむぎのはたけを

二〇一五年五月三一日

連《れん》帯《たい》

ならんだ菖蒲《しょうぶ》の花が咲き
百日紅の花芽がかたく
木々に風吹き
ゆたかな緑が翻《ひるがえ》る

生まれて生きて死ぬものとして
かがやく日のあらんことをねがい
ありえたかがやくときをふかくあじわい
その命の続くことを信じることにおいて

わたしたちはみんな
おなじものとして連帯する
病からの回復にも　時間が続くことにも
くもらぬ希望を持っている

希望の中で連帯する
ともにねがい　ともに祈り
ともに知り　ともにこころでなみだして
まなざしをあげて空にひるがえるみどりをみる

二〇一五年六月一五日

ぼくの上を風がかえってゆく

ぼくの上を風がかえってゆく
まっすぐに腕を上げて指を立てると
指先に感じる風はわずかだが
風は上空をごうごうとわたってゆく

ぼくの上を風がかえってゆく
足下には川を水がながれ
水は水量と傾斜に速さを応じて
山に近いこの村を去ってゆく

水は上空の風を知らぬげに
けれどもそれを映している
世界でおきていることを何も知らずに
その世界でぼくも生きている

そよふく風を身にまとい
ひとすくいの水を飲み干して
本を手に歩いている
ぼくの上を風がかえってゆく

二〇一五年七月六日

私は参加してしまっている

私は参加してしまっている
緩《ゆる》やかな波のように見える
ある種の運動のようなものに
旗もステッカーも持たないけれど

シュプレヒコールやアピールの言葉は
むしろその運動に対する反対運動に加わるべきもののような
そして実際いくつかの反対組織に名を連ね
逆のアピールを自分のことばにしているつもりだけれど

この国やこの世界の今に
私は参加してしまっている
そしてそれは確かにある種の運動のようなもので
中心をはるかに離れて暮らす私をうまく取り込んでいる

友人たちと隊列を組み　腕を組んで座り込み
演説に加わり　機動隊にやられたとしても
九条の会に加わり　反原発集会で劇や朗読をし　歌いながらパレードを共にするとしても
そのターゲットであるはずのもっと全体に　私は参加してしまっている

二〇一五年七月七日

不完全なるもの

死ぬことにおいて不完全なものだとしても
死があることにおいてその機構が完全なものだとしても
生物もまたこの宇宙の産物であり
変化してやまない

変化をあやつる完全さというものがあるとしても
変化することにおいて不完全なものだとしても
変化は今この宇宙の事実であり
今この宇宙は不完全なバランスを楽しんでいる

人はこれだけ生きていても分かり切った不正がやめられず
世界は限りなく悲惨《ひさん》で進まない
私たちは愚かで　挫折《ざせつ》を味わい　罪を犯し
身体の均衡《きんこう》も精神の均衡も幸福のコントロールもずっとあやうい

美は不完全の上にあり
物語は愚かさを語り
愛は互いの不完全さに触れあう
いとおしいこの生

二〇一五年九月八日

山裾の平野で

平野は半ば西方をあかりになめて
刈り始められた稲田の　のこる穂がひかり
影に区切られたこのかたに
やはり稲田は熱《ねつ》を静めてひろがりかくれ

鋭敏になった胸のせり上がりが
せり上がりをきわめたそのとき静止してたえるように
せり上がりの季《とき》をそのままにとどまり
宇宙によって放置された静止を耐える

空はこうこうとあおく
雲の薄いすそが裏日を受けてひかり
西《にし》へ《え》に豪華に展開して
他の空が空を見ている

この地上に立って
わたしがみているのは
風景であり
時だけれど

二〇一五年九月一三日

円熟

しなやかでつよい筋肉を使う
巧緻《こうち》で整った連動《れんどう》の神経が
意識から無意識へすばやく消えて生まれる
投球や打撃の熟達

明かりのつよさや色合いを
とらえると同時に創り出し
形や面の立体や時間までも平面へ生みだす
描画《びょうが》の熟練

科学はうらやむ　円熟を
どこまでも検証の　どこまでもアマチュアの
そして真実の種《たね》は尽きることがなく
生き続け生まれ続けるしかないので

たとえながく残されるシーンや作品ができたとしてもそれが何になるだろう
人生のような芝居や芝居のような人生における円熟とは
幻想の停滞　一方へ偏在した落下　約束のような終端《しゅうたん》
円熟はうらやむ　こどもを

二〇一五年九月一五日

二人で暮らす

うらうらと秋の日は
晴れやかな青い天球の下で
物音も遠く
人々も遠く

おみなえしをさがさんと
家を出て野にたゆたう
銀杏《ぎんなん》も柿もみのり
コスモスも乳色のソバも一面に咲き

ぼくらの小さな家も
野にあるすべてのものと同様に
空からの陽光にすっかりつつまれて
天上にあるもののように

二人で暮らす
一日中
晴れやかな青い天球の下で
秋の日は

二〇一五年一〇月一二日

安全

教育は安全を教える
おなじだけ危険も
安全を得るためだ
なのに大きな危険を受け容れることを教える現在

安全のためにお金を払う
税も住居も道具や装置もシェルターも
内なる自由のために外の不自由を受け容れる
差別や侵害から

危険を糧《かて》に稼《かせ》ぐ者らがいる
海賊《かいぞく》から守る海賊の通行税のように
安全保障という名で戦争へかりたてる者
電気不足や貧しさをかざす原子力発電

爆撃のなかで　自分には当たらないと根拠のない思いこみでいるように
安全のなかにいることが
大きな危険を逼迫《ひっぱく》させる
安全がまるごと買い取られているとしたら

二〇一五年一〇月一四日

こっそり

こっそりと川面をのぞく　魚の走るのを見るため
こっそりと授業を聴いた　隣の学部の
こっそりたくわえるゆとりはない　退職して
ちっぽけなこっそり

政権にある者が　守るべき憲法を
たがえる法を成立させるのは
こっそりだったろうか　そのようにして
巨万をたくわえる者たちのために

わたしはただ　こっそりと絵を描く
秋の村はずれを歩いて描くものを選び
妻よあなたの誕生日の
贈り物にするために

あるいはまた　村から川を渡って
対岸の母のふるさとの家が見える場所に
母よあなたの骨のひとかけらを
こっそりと埋めるのだ

二〇一五年一〇月二三日

待てない

地球がゆがんだりつぶれたりすることはそれほどないが
私たちはあるとき容易《ようい》にひしゃげて息苦しく落ちる
繊細《せんさい》な若いときや気になる言葉や恋の無惨《むざん》な失敗や帰って来ない子どものことにも
そして　いつかそれもまた回復するなどと　時を待つことはむずかしい

身体やこころを傷つけられて
出かけたり日常を繰り返したりすることができなくなったとき
そのような侵害《しんがい》の中で侵害のやむのを
希望を持って待つことなどむずかしい

地球は　放射能で汚されたり
生物の種が失われたりして傷つけられても
ながいときを待っているように見えるけれど
　人はまた名誉や誇りがおかされたり

はずかしめをうけたり自ら罪をおかしたときに
時を待てずに報復《ほうふく》したり絶望したりして　さらに人を虐《しいた》げる
戦争や原子力がいつかなくなり　真実はいつか勝利するなどと
そんなにも遠いときを私たちの命は待てない

二〇一五年一〇月二五日

私の幸福の中に

それはきっと確かなことだ
人とともに私はいて
だから人々の幸福のなかにこそ
私の幸福があるのだということは

妻が苦しんでいたり
友が私と平等でなかったり
私の村が終息《しゅうそく》へ向かったりしながら
幸福だと思うならそんな私はなんだろう

けれどそうして
私の幸福の中に
他の人の幸福もあるのではないかという
そんなこともあるのではないか

私が苦しんでいたり
私がだれかと平等でなかったり
私が社会に何もできなかったりしたら
私にかかわる人々が幸福だろうか

二〇一五年一一月二五日

こころあつく

こころがあつくなるのに様々なことがある
人がうまれながらにそうなので
戦争でさえ
死さえ

だから何によってそうなっているのか
わたしたちは自分に問う必要はある
わたしは集会に出てパレードを歩いた
歌い　マイクで語り　シュプレヒコールを連呼した

自分に規制をかけたり
ものわかりのいい人になったり
譲《ゆず》ることばかりをよしとしたりして
サイレントのうちに無知になったり　したくない

きょう二〇一五年一二月五日福井のまちで
「原発を本気でとめる全国集会」で
歌い　語り　シュプレヒコールをビルにこだまさせ
国のあちこちから来たひとたちとつながりあって

二〇一五年一二月五日

それだからこそ

幸福かなどと自分に問うことさえできずに
失ったものをそうなのかとくりかえし問い
植物がひしゃげていくようにひしゃげて
枯れていく道程を引き受けていくとき

あるいはまた　ひたすらに
いつか来る日々を想い
たかが知れた希望を希望としながら
たどるだけの日々

さらにわたしたちにある様々な苦しみや怒りの中で
ふとある日出会《でくわ》す夕空のような
瞬時の胸のせりあがりの　それだけの
わたしが幸福だとしても　そのようなもの

けれども　それだからこそ
吹雪《ふぶき》を縫《ぬ》うて倒れ込む炉端《ろばた》のようにそれを
せめてわずかにわたしたちのものだと言いつのることはできよう
それだからこそ・・

二〇一五年一二月六日

霧の中から青い空が

五月雨《さみだれ》のように
こぼれ落ちるように
人がなくなっていく
わたしも所属するその人というもの

夜電話がかかって
さる詩人がなくなったと
朗読をともにし
回復へ希望をともにした人

一二月のよく晴れた日
朝は白い霧にまかれ
霧の中から青い空が
ぼやっと見えていた

その人が詩を力としたように
わたしも必要とする
死のためではなく
生きる日々にある苦しみや悲しみのために

二〇一五年一二月七日

看取《みと》る

その病棟に入って六週間たった日
姉は医師に、もう眠れるようにと頼んだ
痛みは緩和《かんわ》させられていても
身の置き所のないつらさがつのる

わたしにも、もうこのままどこかへつれていってほしいと頼む
姉もその夫もわたしもそのことをうけいれたのだ
姉は夫と私へそれぞれ言い置くことを言い
私は姉をたたえる気持ちを伝えた

ハグしてほしいと姉が言い　わたしたちは涙をこぼしながらハグした
わたしの妻の手から数滴の紅茶を飲みこんで　別れがすんだ
徐々に薬がはいり徐々に眠り始め
呼びかければわずかに戻りつつ

ときおりほほえみながら夢を見ている
そばにいてほしいと言った姉のそばにいる
眠りのそばに一緒にいる
わたしもきっと　そうしてほしい

二〇一五年一二月一五日

一〇月にあなたは

一〇月に
あなたは来る
海の丘
澄んだ香りと

一月に　二人で
働き暮らす
港の坂
あかるい夜

四月
あなたは風に
泣きながら
野を高く越え

七月に　二人は
木陰にたたずむ
澄んだ水の流れる
時をながめて　憧れながら

二〇一五年一二月

あとがき

前詩集を出してから一四年になります。

この一四年間、他の形式の詩を作らなかったわけではないのですが、四行四連という形式を主に使ってきました。その中から選びました。人もまた生まれて死ぬという形式の中にいます。古来言われるように、形式は束縛でありながらその中でもたらされる自由があり、定常によって可能になる節約もあります。あるいは、形式によってひびきあう人の脳のリズムや波動やイメージの容易さというようなものもあるでしょう。ただ、この形式を始めた初期からわたしには、これらの詩をまとめて本に編むことなしにはこの形式から出て行けない、というとらわれがありました。こうして、ようやくわたしは、この形式に対して自由になれるでしょう。

時系列におさめてあります。日付や経過や私の詩の変化にも意味が無くもなく。

今回も能登印刷出版部の奥平三之氏に編集をお願いしました。御礼申し上げます。

二〇一六年三月　信治

著者　川村信治

一九五二年生まれ
　現住所（出生地）福井県勝山市北郷町坂東島四〇の三三

既著書
〈詩　集〉季節の空地《あきち》
　返す地図を届けるために
　僕の場所で
　書置《かきおき》への返事
　季節季節の朝が静かに開かれ
　誕生日の詩集
〈小詩集〉百年の旅
〈論　集〉多様体としての精神

川村信治詩集「幸福の擁護《ようご》」

二〇一六年四月二〇日発行

著　者　川村信治
発行者　能登隆市
発行所　能登印刷出版部
〒九二〇−〇八五五　金沢市武蔵町七−一〇
ＴＥＬ　〇七六−二二二−四五九五
編　集　能登印刷出版部・奥平三之
デザイン　西田デザイン事務所
印刷所　能登印刷株式会社

ISBN978-4-89010-689-9